詩集　蝶とマスク

水谷有美

竹林館

水谷有美詩集　蝶とマスク

目次

II

Ⅲ

Ⅳ

モーニングコールは鳥の声

鳥の声で目覚めた朝は
何か良いことが起こりそうな気がする

I

水脈

水脈は何処にあるかと
あちこち
捜しまわり
道に迷い
森に足を踏み入れる

辺りは暗く
静けさが身をつつむ

耳を澄ませば
何処からともなく
水の音がする

目を瞑れば
かすかに水の流れる音がする

体中に
水が巡る気配がする
水脈は
私の身の内にも
隠されていたのだ

祖父母
父母
そして子供へと繋がる
その流れは
静かではあるが
途切れることなく続き

泉さえもあるらしく
豊かな水の匂いがする

貧しいながらも
私の身の内に
過去から未来へと流れる
水脈が宿っている

＊２０１５年 世田谷文学賞 詩部門 秀作受賞

不思議な力

亡き人が
人と人とを結んでくれることがある
悲しみの席で
思いがけない出会いが用意される

亡き母の追悼式で
詩人のMさんに再会した
伯父のお葬式では
詩人のHさんを紹介された
考えもしなかった出会い

生きている私達の伺い知れぬところで

亡き人が
まるで黒子のように
人と人とを引きあわせる演出をする

亡くなった人は
見えなくなってしまったけれど
不思議な力を授かるのだろう

電話

もしもし
こちらは冷たい雨です
雨音がうるさいくらいです

今年は冬が長く
やっと水仙が咲き
梅が花をつけ
沈丁花が薫り始めました
桜はもう少し先になりそうです
四季や天気に左右されることもなく
そちらは穏やかなのでしょうか

生きることは
変化することですが
時々　忙しさに目が回りそうです
大人は忘れっぽくなり
子供は日々

新しい宿題を出します

でも
あなたのことは覚えています
安心してください

時々あなたの声を懐かしく思い出します
たわいない話を聞いてもらいたくて
相槌を打って欲しくて
あなたと無性に話がしたくなります

電話の向こうに
まだあなたがいるような気がして
何度も受話器を手にします

もしもし
どうぞ　お元気で

旧姓

今はもうこの世界には存在しない名前
戸籍のなかに残るのみ
けれど
それではあまりに不憫なので
筆名として使うことにした

父と母が考えてくれた名前
二十七年しか使わなかった苗字
もう少し　この世界に
いたかったに違いない

旧姓は筆名として

よみがえり
どこかで
父と母も喜んでくれているだろう

旧姓の懐かしい響きは
昔のままで良いのだよと
今の私を励ましてくれる

傘

雨雨ふれふれ母さんが
蛇の目でお迎え嬉しいな

――「あめふり」北原白秋

雨の日に　傘を持って
迎えに来てくれた母は
もういない

見えないへその緒で
繋がっていた母と娘

心に雨が降る日
誰が　傘を持って
お迎えに来てくれるのだろう
人生の雨の日に
傘も持たずに一人で歩いていく
母は空の上で
傘を広げてくれているだろうか

父と夜

父が亡くなる少し前
「夜が怖い」と不安がるので
一人実家に泊まった

夜中　何度も起こされて
痛む背中を手でさすった
昔　母に歌ってもらった子守唄を
口ずさみながら

モルヒネも効かなくなっていた父に
医療行為のできない私が
唯一できる手当

「今　誰に会いたいの」と聞くと
生きている人の名前ではなく
父の亡くなった母親の名を口にした

死を前に
人は　子供に戻るのだろうか

この世で最後に会いたい人を捜し
会わせてあげたいと思っていた私は
何と答えて良いのか分からなかった

父が亡くなり
嵐のように
慌ただしい日々が過ぎ

ふいに
父は
会いたかった母親に
会えたのだと思った

ホスピス

「自宅で死にたい」と言っていた父が
急に
「ホスピスに行く」と言い出した
都内のホスピスは
どこも満室で空きはなかった

知人の紹介で
近県のホスピスを捜し

「移動中に
　亡くなることもありえます」と
医師に言われたけれど

本人の強い希望を叶えるために
寝台車を手配した

万が一を考え
父の頭を私が支え
足を弟が抑え
高速道路を走った
父は安心したのか
眠っているかのようだった

無事に到着すると
海に繋がる大きな川のほとりに建つ
現代的な病院の一角に
ホテルのようにきれいなホスピスがあった

大きな窓には花柄のカーテンが掛かり

カーテンを開けると
静かな川の流れが見え
外は妙に明るかった

担当の医師は穏やかで
淡々としていたが
黒目の奥には暗い穴があり
ひかりが見えなかった

ホスピスに着いて数日後
父は息を引き取った

七月の蝶

中庭の白百合の花に
黒揚羽が蜜を吸いに来た

何処から来たのか
黒揚羽よ
まるで
影のように美しい蝶よ
もしかすると
冷たい七月に亡くなった
従姉の生まれ変わりかもしれない

姉御肌で

優しかった従姉が
自ら命を絶ってから
どのくらいの年月が経ったのだろう

従姉が亡くなった年齢を
いつの間にか
越えている

従姉が黒揚羽になって
会いに来てくれたのであれば
嬉しい訪れ

白百合の蜜を
たんと吸って
空にお帰り

そこには
母上様も父上様も
もしかすると
行方不明の妹もいるのかもしれない
空の上の方々に　伝えて欲しい

病弱だった私も　年を重ね
七月の暑さに耐えながら
大好きな白百合の花を
庭で育てていると

祖父

母方の祖父に
私は会ったことがない
戦争さえなければ
私は祖父に会えただろう

仕事場では
「仏の要《かなめ》」と呼ばれていたと言う
「怒られたことがなかった」とは
母の言葉
写真で見る祖父の姿は
宮沢賢治に少し似ている

どんな人だったのだろう
どんな声をしていたのだろう
会ったことのない祖父のことを想像する

戦争さえなければ
私は祖父に会えたにちがいない

銀行マンとして
海外の生活が長かった祖父
外国の話を聞かせて欲しかった
趣味の御能の腕前も見たかった
謡曲や舞について
手とり足とり教えて欲しかった

祖父が生きていたら
抱っこして貰えただろうか

手をつないで散歩したり
話したり　笑ったりしたかった

戦争さえなければ
私は祖父に会い
同じ空気を吸い
時を共に過ごし
色々なことを
教わることも出来ただろう

旧軽井沢

霧の立ち込める土の道を歩くと
背の高い木立が迫ってくる
霧は　真実を隠している

霧で　苔の庭はますます潤い
静かに水の玉を宿す
昔　ここに暮らしていた人々が
霧に呼ばれて　現れる

昔ながらの長い服を着て
小さな傘をさし　往来を歩く人々
軽く会釈して

すれ違う後ろ姿が
霧の向こうに消えていく

きっと　この辺りに
祖父の姿もあったに違いない
白い馬に乗る祖父とその娘である母と姉
白黒写真に残る　わずかな面影

母の実家が
戦前は別荘として使い
戦争中は疎開先としていた
旧軽井沢
祖父が亡くなり
戦後　手放した別荘

敷地には小さな川が流れ

近くには
万平ホテルがあったらしい

戦後七十八年
今では　誰も
その場所を知らない

けれども
霧が立ち込めると
霧に呼ばれた懐かしい人々と
めぐり会える気がする
木立がそびえたつ土の道で

天然色

思い出のなかの私の家は
平屋に小さな庭があり
庭に面したベランダに
犬小屋があり
洗濯物が風になびいていた

二間続きの和室で
腰高窓のある東の和室は
昼間は　私と弟の勉強部屋
夜は布団を敷いて
枕を並べて寝室になった

丸窓のある西の和室は
昼間は座卓や座布団を出し
応接間代わりの客間になり
夜は布団を二つ敷いて
父と母の寝室になった

狭い空間を上手に使って
豊かな時間が流れていた
昭和三十年代

その後
建て増したお風呂場と父の書斎
書斎にはハイカラな出窓があり
出窓に座って絵本を読むのが
私のお気に入りだった

夏休みになると
井戸端の盥《たらい》に
きゅうりやトマトが浮かび
母のうちわ風で昼寝をし
夕方　涼しい風が吹くと
深緑色の蚊帳《かや》を吊るし
夜は　海の底にいるような心地で眠った

隣の家との垣根は竹で組んであり
こどもたちは自由に行き来し
朝顔で色水を作り
夕方になると何処からともなく
オシロイバナの香りがした

父も母も若く
弟も元気だったあの頃

白黒写真の時代だったのに
思い出のなかの風景は
色あせることもなく
天然色のまま

武内雷龍《らいりゅう》先生

先生は
光になってしまわれたけれど
その光は
沢山の生徒の元に散っていった

病が治らないと分かってからは
自ら　食べることを辞め
生徒たちと連絡を絶ち
一人　静かにその時を待っていたという
僧侶だった父をもつ
先生らしい最期

本当は誰よりも淋しがり屋だった
ご両親を　早くに亡くし
長男として弟たちの世話をしたという
貧しい暮らしの日々
苦労も多かったはずなのに
自らのことは多くを語らず
教師の仕事の傍ら
数冊の歌集を遺した
短歌には
早世したご両親への思慕
先に旅立った生徒たちへの想い
その胸のうちの淋しさ
痛いほどの孤独を感じた

子ども達の前では　手品をして笑わせ
小さなことも褒めてくれた

体育の休み時間に　相撲をとり
朝の時間には　漢詩を暗誦し
宮沢賢治の作品を板書した
先生の板書の美しさ
書の腕前は見事だった

最期まで　先生らしい姿は
残された生徒たちの道標として
これからも
記憶に残るだろう

土

土になろう
若い芽のために
柔らかな土になろう

かつて
母がしてくれたように
優しい土になろう

むかし
小学校の先生がしてくれたような
面白い土になろう

いつか
高校の先生が教えてくれたように
個性的な土になろう

与えられた
豊かな養分を咀嚼して
黒々とした土になろう

冬には　ほかほかと温かく
夏には　ひんやりする土になろう

草木の根が太く張り
毛根が広がりやすい
きめ細かい土になろう

ミミズや蝉の幼虫が

暮らしやすい
土になろう
もぐらやカエルが
冬眠しやすい
土になろう
春
若い芽が育ちやすい
土になろう

II

緊急事態宣言　二〇二〇年三月

コロナウイルスが日本に上陸後
緊急事態宣言が発令された
外国に行ってはいけない
他県にも行ってはならない

分断されていく世界
分断されていく日本
まるで
鎖国のようだった
江戸時代よりも酷い
全世界が鎖国状態だった

空想小説のなかにいるような毎日
新しい生活様式
マスクにアルコール
二メートル以上距離を置く

テレワーク

病院や老人ホームでは
ガラス越しのわずかな面会のみ
体温も温もりも伝わらない
刑務所の面会室のように
握手も抱擁も
キスも出来ない

コロナ後の生活のイメージも
描けないまま
人々は
人と会えない哀しみを抱いて
生きていた

ダイヤモンド・プリンセス号

大きな船に乗って
世界中を回るのが夢の一つだった
しかし
２０２０年　コロナウイルス発生

豪華客船の宴は終わり
天国から地獄に
突き落とされた船上の人々
船に閉じ込められ
窓のない狭い部屋に監禁され

薬もアルコールもない密室で
人々が亡くなった
持病やストレスもあっただろう
帰国できない人も多かった

豪華客船の優雅な夢を叶えた人々は
その時
何を想ったのだろう

白黒写真

２０２０年初頭
中国武漢でコロナウイルスが発生
ウイルスは世界中に広がり
世界から少しずつ
色が消えていった

人々は外に出なくなり
息を殺すように暮らした
食事も喫茶も控え
店は休業に追い込まれた

渋谷のスクランブル交差点から

人影が消え
まるで白黒写真のような景色が
街に増殖していった

一方
私の小さな庭では
春が来て
草木が芽吹き
枝葉を伸ばし
色とりどりの花が咲いた

初夏には
蝶が遊び
蝉も元気に鳴き
夏を謳歌していた

秋には
コオロギや鈴虫の鳴声が響き

人々が口をつぐみ
マスクの下で話すのを横目に
鳥は大空を自由に飛び回り
歌っていた

マスク

白いマスクは
モンシロチョウ
黒いマスクは
クロアゲハ
黄色いマスクは
モンキチョウ
青いマスクは
ベトナムの蝶

一年中　色とりどりのマスクが
人々の口元を隠すように
とまっている

一日の役割を果たしたマスクは
まるで　一日花のように
ゴミ箱に散っていく

道に捨てられたマスクは
死んだ蝶のようにも見える

マスクのおかげで
どれだけの命が守られたことだろう
もの言わぬマスクに
お礼を言わなければならない

マスクが
人々の口元を隠すことのない
世の中になる
その日まで
色とりどりのマスクの蝶は
静かに
人々の命を守っている

セルフハグ

寒くなると
身も心もちぢみ
大らかになれない

今はコロナの時
抱きしめてくれる人もいない
ハグもキスも憚られる
だから
自らの手で抱きしめる

胸に手を置き
クロスすると

安心する

手の温もりが
胸に広がり
さざ波のように
生きている実感が伝わり
大丈夫と思えてくる

コロナの時代
テレワークで人にも会えない
孤独な時間が増えていく
個の時代へ移行する兆しかもしれない
群れずに個を発揮する時代へ
時は流れていくのだろうか

クリスマス

お洒落をして街に出かけよう
マスクの下にリップをして
ネイルを塗った指に手袋をはめ
冬の街へ繰り出そう

銀杏やもみじも
黄色や赤のドレスを着て
おめかしししている

少し華やいだ街で
クリスマスの雰囲気を味わおう
美味しいものをテイクアウトして

小さなプレゼントを買おう
コロナ禍の日々を
生きてこられたことを
お祝いしよう

メリークリスマス

女主人の庭

九十五歳の女主人のいない庭は
荒れ果てていた
夏草が我が物顔に繁茂し
地面が見えなかった

日がな一日
庭の手入れをしていた
女主人の日焼けした笑顔が浮かぶ

天気の話
庭の草花の蘊蓄
隣家の猫の糞尿

カラスのいたずら
話は尽きず
犬の散歩の途中に立ち寄る
私の楽しみの一つだった

「庭がないと生きていけない」と話していた
九十五歳の女主人の言葉が
コロナ禍になり
ようやく
分かるようになった

夢

満月の光が差し込む部屋で
なつかしいひとびとの映像が実を結ぶ

久しぶりの逢瀬に涙する者
会釈する人
手を振る者
みんな　マスクはしていない

たとえ　幻だとしても
良いではないか

握手をし

抱き合い
ほおずりして
思う存分語り合おう

虫の音を聴きながら
あの世の人と
過ごす夜

地球

青いロッキングチェアに
身をあずけ
宇宙から地球を見ると

感染症との闘い
民族と民族の戦い
まるで
戦いの星に見える

星は瞬き
月は昇り
時は過ぎ

地球上の無数の死者の上にも
風が吹き
光が注がれ
雨が降り
土が重なる
そうして
見えない墓が埋もれていく

青いロッキングチェアに
身をあずけ
宇宙から地球を見れば

いつの時代も
人の営みと戦いが
繰り返されている地球の姿

目先の利益を追い求め
戦いに目を奪われ
沢山の死者の山を築いていく

地球温暖化で
世界中が熱波に襲われ
体温よりも高い気温が続く夏
汚染された地球が
人間を追い詰め
人々の首を絞めていくことには
目を瞑り

今日もまた
感染症との闘いや
民族と民族の戦いに

明け暮れる

絵本「てぶくろ」

同じ大地の上で
ウクライナとロシアの民が
戦いで血を流している
昔は助け合って
生きていたこともあったに違いない
冬将軍に負けないように
力を合わせて戦ったこともあっただろう

「てぶくろ」という
ウクライナの民話の絵本は
森の動物たちが
おじいさんの落とした片方の手袋のなかで

身を寄せ合って
寒さを忍ぶ姿が描かれている

一つの手袋に
森の動物たちが
次々とやってきて
譲り合いながら
手袋に入っていく姿を
ほのぼのとした気持ちで読んだ

くいしん坊ねずみ
ぴょんぴょんがえる
はやあしうさぎ
おしゃれぎつね
はいいろおおかみ
きばもちいのしし

最後に
のっそりくまがやってきて
手袋に入った時は驚いたけれど
絵本の世界では
熊さえも仲間外れにしないで
手袋に入れてあげた

しかし
今は　ウクライナとロシアの民の血で
おじいさんの手袋も　赤く染まり
森の動物たちも
互いに
争っているのかもしれない

贈り物

銃声の聞こえない朝
テロのない昼
空襲警報の鳴らない夜

食事を味わい
友人との会話を楽しみ
音楽で心を満たし
庭には季節の花が咲き
夜空の月を愛《め》でる

家族の寝息しか聞こえない夜更け
何も起こらず

一日が暮れていくことに
しみじみと感謝する
七十八年続く平和の上に
静かな夜を
今宵も積み重ねていく

いのち

いのちが蝶のように
羽を広げて
飛べますように

小さな羽を動かして
風を捉えられますように
大きな流れにのれますように

どんないのちでも
光を浴びて
輝きますように

どんな色でも形でも
少し歪んだり
欠けたりしても
命はいのち

そのままで
空に飛んでいきますように

III

三月

春の足音がする
桜前線も南から北へと
動きだす

雪も溶け
菜の花が強い香を放ち
地面から
風信子《ヒヤシンス》の芽が
角のように
ツンツンと突き出し
水仙や沈丁花の花も咲き始める

空では花粉も飛びまわり
鼻も目もムズムズする
大地も空も動き始める
三月
私の生まれ月

たんぽぽの綿毛

春の陽ざしを集め
黄色に花びらを染めて
たんぽぽが咲く

しばらくして
花びらは綿毛になり
たましいが宿り
丸い形になる

たんぽぽの綿毛は
たましいの乗り物

風に吹かれて
たんぽぽの綿毛が飛んでいくと

一緒に
丸いたましいも
ゆっくりと
天に昇ってゆく

花を買いに

仏様のためでもなく
来客用でもなく
自分のために
花を買いに行く

花屋の店先で
あれこれと花を選び
花に顔を埋め　香りを楽しむ

好きな花を花束にしてもらい
家に帰る道すがら
花束を持つ私を見る人々の視線を感じ

しばしの間
物語の主人公になる

家に戻り
花を活けると
部屋中に花の香りが満ち
自分のために花を買う
豊かな時間が流れていく

虹

雨上がりに
大空にかかる虹の
七色のアーチを見上げると
なぜか素直な気持ちになる

幼い頃から
たくさんの虹を見てきた
大きな虹
小さな虹
子ども心に
虹を見ると嬉しくなった

大人たちも
その時ばかりは
仕事の手を休め
外に出て
虹を見上げ
笑顔になった

不思議なことに
七色の虹のアーチは
老若男女を幸せな気持ちにした

虹が空から消えるまでのひととき
魔法にかかったように
誰もが
空を見上げていた

世田谷線

紫陽花が
梅雨を知らせ
立葵が
夏を告げる

蒲公英《タンポポ》が
春を伝え
秋には
芒《ススキ》が揺れる

世田谷線に乗れば
季節の変化を

花が教えてくれる

人の暮らしの近く
軒先をかすめるように
世田谷線は走る

環七を渡る
なだらかな線路
三茶から下高井戸までの十駅

おとぎの国の二両電車は
花と家の間を
ゆっくりと走る

＊せたがや歌の広場コンサート（２０２１年）で歌になりました。

一日花

狂ったように
一日花が咲いている

七月の初め
一日花が
咲き誇っている

梅雨の雨に打たれ
重たげに頭を垂れて
重さで枝を折るかのように
一日花が咲いている

どんなに美しく咲いても
明日は散ると知っているのか
わが身のさだめを感じているのだろう

一日花が
狂ったように
咲き誇っている

種

知人から届いた
三時草の種
ポストから封筒を取り出す時
さらさらと美しい音がした

種は未来からの手紙
未来の夢が詰まっている
時を超える
小さなタイムカプセル

花の色や形
葉の形や色

花の香りや茎の太さ
たくさんの情報が詰め込まれている
まるで
プログラムのように

小さな種の内には
未知の
秘密が隠されている

小さな種は
大きな命の素

青いリンゴ

「幾つになっても
　青いままでも良い」と
建築家の安藤忠雄さんは言う

病で五つの臓器を取り
生きているのが不思議な体なのに
気力はみなぎっている

自費で大阪に
子どもたちの図書館を作り
その脇に
青いリンゴのオブジェを置いた

そして
子どもたちの図書館を
全国に広げようとしている

いつの日か
建築家のたましいは
青いリンゴに化身することだろう
そして
未来の子どもたちを
見守るだろう

いつまでも
青いままで

サフラン

小春日和を
春と間違えたのか
サフランの花が咲いた

初めて見るサフランの花は
光沢のある紫の花弁に
筋があり

赤いめしべ
黄色いおしべで
色の調和も美しい

砂漠に咲く
丈夫な花だと聞いていたが
とても
目立つ花にちがいない

めしべは貴重なものとして
干して使われ
サフランライスになる

昔は
金と交換される価値のある香辛料だった
黄金色にご飯を染め
エキゾチックな香りになるからだろうか

砂漠の地から
サフランの花は

ラクダに乗って
シルクロードを旅し
オアシスで休み
海を渡り
はるばる日本に来たのだ

今
縁あって
日本の庭の片隅で
健気にも花開いた
サフランの花よ

雪の夜のお話

雪から生まれた
赤い目をした
ウサギが
ぴょんぴょんと
雪原を走る

雪だるまは
軍手をはめ
スコップで
かまくらを作り始める

雪ウサギと雪だるまは

かまくらのなかで
身を寄せ合う

かまくらは
温かく
夜の雪原は
静かで
音もしない

日が昇る頃
雪ウサギは
雪原に消え

雪だるまは
かまくらのなかで
溶けてゆく

朝とともに起き出した人は
誰もいないかまくらを見つけ
一体だれが
かまくらを作ったのだろうかと
首をかしげている

けれど
その姿を
見たものはいない

御伽噺

眠り姫は目覚めない
王子様の口づけも
眠りの世界の甘美さに比べれば
一時のこと

今は
花の香も少なく
昔に比べて　きな臭い匂いがする
鳥の鳴き声は聞こえないのに
嘘や忖度の声ばかり

パワハラやセクハラも多く

自分ファーストで
相手のことを思いやる人も少ない

そんな世界に
誰が戻りたいと思うだろう
眠り姫は目覚めない

ことば

蒼い海のなかで
ことばが
海藻のように
ゆらめいている

蒼い海のなかで
ことばが
小魚のように
泳いでいる

蒼い海のなかで
ことばが

サンゴのように
淡く色づいている

蒼い海の下で
ことばは
貝のように
黙っている

蒼い海の底で
ことばは
ひかりを探し求めている

クレヨン

二十四色のクレヨンは
幼い頃からの憧れ

幼稚園で
八色のクレヨンを買ってもらい
小学校で
十二色のクレヨンを買ってもらった

我慢して
おねだりして
やっと
お誕生日のプレゼントに

二十四色のクレヨンを買ってもらった
まるで宝石箱の蓋を開けるときのように
ドキドキした
二十四色のクレヨンが
輝いて見えた

上下二段に並ぶ
二十四色のクレヨンを
見ているだけで嬉しかった
使うのがもったいなかった
二十四色のクレヨンがあれば
どんな絵も描けると思えた

短くなるまで使い

使えなくなると
小さくなったクレヨンを
綺麗なお菓子の缶に
大事にしまった

時々
缶の蓋を開けると
懐かしいクレヨンの匂いが
立ちのぼる

レインリリー

雨上がりに咲く花
レインリリー

水をたっぷりと飲んで
美しい白い花を
一輪咲かせる

土や光や養分よりも
水が好物なのだ

背の低い
地味な白い花だけど

可憐な花を咲かせる

ただ
無心に咲くだけで
人の心を潤す力を持っている
レインリリー

球根

今ここは
暗い夜のようだから
光を捜しに
出かけよう

暗い夜ばかりでは
死んでしまうから
光を求めて
這い上がろう

今は暗い土のなかにいる
けれど

光を求めて
上へ上へと向かおう
寒さに負けず
上へ上へと

球根の声が
聞こえる冬の夜

IV

鳥の声

いいよ　いいよと
鳥が鳴く

一人さみしく
家にいる私に

見たこともない鳥が
いいよ　いいよと
なぐさめる

父も母もいない
一人の私に
まるで誰かの声みたいに

いいよ　いいよと
鳥が鳴く

何も出来なくても
いるだけで
いいよ　いいよと
鳥が鳴く

一人さみしく
息をしている私を
なぐさめる

いいよ　いいよ
それでいいよと
鳥が鳴く

＊せたがや歌の広場コンサート（２０１９年）で歌になりました。

バスタオル

朝　白いバスタオルを洗い
昼　青空に干す
夜　乾いたバスタオルが
私の身体を包む

洗いたてのバスタオルで
身体を拭く
柔らかいバスタオルに包まれて
心も弾むようだ
二つの乳房も
ふくよかに揺れる

柔らかいバスタオルにくるまれて
しばし
バスタオルと抱擁する
生まれたての赤子のように
初々しい私がいる

痛み止め

痛み止めの薬は
身体の痛みに効くだけではないらしい

心が痛くて眠れない夜に
すがるように
痛み止めを飲むと
不思議に心が楽になり
知らない間に眠っていた

夢も見ずに眠り
朝方　音もなく目覚めた

痛み止めは
心の痛みにも効くらしい

その夜以来
心が痛くて眠れない夜は
痛み止めの薬を飲み
眠りにつく

霧

朝　山小屋のカーテンを開けると
窓の外は一面の霧
白いベールに包まれて
山も木々も
昨日　見かけたつがいの鹿も
何も見えない
濃い霧のどこかに身を隠している

ガラス窓を開けると
音もなく
霧が部屋に忍び込み
冷気が辺りを包み始め

慌てて　窓を閉めた

霧が部屋を満たしたら
私は　霧に消されてしまうだろう
山の天気は変わりやすい

夜
窓を開けて寝ていたら
翌朝
私は目覚めなかったかもしれない

凍死した者の
顔は美しいという
霧は
美しい死の使者

血豆

いつできたのか
指の血豆
あの日
あの時
知らない間に
赤黒く固まっている

心にも多分
見えない血豆が沢山あるはずだ
固まって初めて気づく
血豆

私の心は
血豆だらけ
あの日
あの時
血を流していたのに
しばらく
気がつかず
血豆になって
分かることがある

月

名前に
月という文字が
隠されているので
昼の太陽よりも
夜の月に惹かれる

太陽の光は
時に強すぎて
弱っている日には
眩しすぎ
眩暈がする

月のあかりには
心休まるものがある

昼と夜
陰と陽

直接の光と
間接の光

昔の人は
月に黄泉の国があると信じていた

見上げる月に
亡くなった人たちがいると
思うだけで嬉しい

満月
三日月
半月

変化する姿も面白い
青白い三日月も
黄色い満月も
美しい

不思議な月に魅せられて
いつか　私も
月に行くのだろう

みにくいアヒルの子

人見知りで
恥ずかしがり屋
人混みで
気分が悪くなった
要領が悪く
目立つのも嫌い

身体も強くない
お酒も弱い
走るのも遅い
何をしても
落ちこぼれ

みにくいアヒルの子は
いつか
白鳥になり

大空を白い翼を広げて
飛ぶことを夢見ていた

早くも高くも
飛べないけれど

みにくいアヒルの子は
藁の小屋で
小さな灰色の体を
くちばしで
毛づくろいしながら

いつか
白鳥になり
大空に羽ばたく姿を
夢見ている

子犬

相次いで両親を亡くしたあと
無性に新しい命を迎えたくなった
子犬を捜し
やっと見つけた子犬の名前を
「ホープ」と名付けた

名前負けするかもしれないけれど
新しい小さな命は
希望そのものに見えた

子犬は沢山の兄弟犬と
母犬から離れ

私のところにやってきた
暫くは
夜泣きして
眠れない夜が続いた

子犬に寄り添っていると
お互いのぬくもりで
淋しさを埋めることが出来た

両親を亡くした私と
親兄弟から離れてきた子犬は
割れ鍋に綴じ蓋みたいだった

さみしい子犬と
悲しい私は
似たもの同士

ドッグカフェ

カフェには
小さな庭があり
椅子とテーブルがあり
犬もいて
季節の草花が咲き
体によい食べ物と
飲み物がある

静かな時が流れ
体も心も喜んでいる
細い横道に面している
隠れ家のようなドッグカフェ

しばし
清々しい気に満たされ
まるで見えない存在のように
そっと
私をかくまってくれる

しあわせ

手のひらに載るほどの
しあわせを下さい
余りあるしあわせを
望んではいません

心地よい朝の目覚め
深い夜の眠り
時々見る忘れられない夢

一つの優しい言葉
一杯の美味しいお酒
一人の静かな時間

楽しい絵
美しい音楽

手のひらに載るほどの
ささやかなしあわせを
今日も下さい

軽やかに

力を抜いて
軽やかに

紋白蝶が
花々の間を
ふわふわと飛ぶように
残りの人生を生きてみようか

力を抜いて
軽やかに

花の蜜に誘われて

花から花へと
飛ぶ蜂のように
残りの人生を生きてみようか

限りある命だから
蝶や蜂を見習って
好きな花にとまり
甘い蜜を吸う

力を抜いて
軽やかに
空へ　飛んでいきたい

あとがき

新しい詩集を出すにあたり、詩を書く人はもちろん、詩を書かない人にも読んで欲しいと願いながら、詩を作りました。

コロナ以前に書いた詩、コロナ以降に書いた詩があります。コロナは戦後生まれの私にとって、初めての世界的な出来事でした。

世界中で、多くの方が亡くなりました。今も、後遺症に苦しんでいる方がいます。

パンデミックの意味も分からず、本当の怖さも知らず、初めての体験に右往左往するしかありませんでしたけれど、せめて、叙事詩に残しておきたいと思いました。感染症との闘い、そしてその後に起こった戦争についても叙事詩にしたためました。

それ以前に書いた抒情詩、家族にまつわる詩や命や死についての詩もあります。コロナ以降、命について考える機会が増えたことは否めません。

コロナ禍で変化したことも多かったですが、変わらないものもありました。外に出られない日々、小さな庭の草木や花の姿は大きな救いになりました。犬や鳥、蝶や虫など、庭に遊ぶ生き物たちも、力を与えてくれました。身近な自然に助けられ、守られたことも多かったです。

詩集の題名『蝶とマスク』の「蝶」はいのちや生の象徴として、「マスク」はコロナや死の象徴としてつけました。

死が隣り合わせの世界をなんとか生きのび、新しい詩集を出すことができることは、大きな喜びです。

コロナ禍を生きてきた読者の皆様に、少しでも共感していただける詩があれば嬉しいです。そして、気持ちが軽くなり、明るい方へと向かう一助になれば幸いです。

新しい詩集を出すにあたり、アドバイスをくださった新川和江先生に感謝申し上げます。温かいサポートをしてくださった左子真由美様はじめ竹林館の皆様にも御礼申し上げます。

応援してくれた家族にも感謝したいと思います。

二〇二三年　葉月

水谷有美

水谷 有美（みずたに ゆみ）

東京都世田谷区に生まれ育つ
世田谷区立弦巻《つるまき》小学校で詩と出会う
恵泉女学園高等学校卒業
学習院大学文学部国文学科卒業
文芸部で詩を学ぶ

所属
日本現代詩人会、世田谷うたの広場「詩と作曲の会」、関西詩人協会　各会員

既刊詩集
『星の時間』　新風舎　２００４年
『予感』　　　思潮社　２０１４年

受賞歴
「木」「冬眠」「夏の儀式」「ナバホ族」「水脈」　いずれも世田谷文学賞 詩部門受賞
「水になりたい」　社団法人日本歌曲振興会 優秀賞受賞

メールアドレス
poem@n01.itscom.net

詩集　蝶とマスク

2023年10月15日　第1刷発行

著　者　水谷有美
発行人　左子真由美
発行所　㈱竹林館
〒530-0044　大阪市北区東天満2-9-4 千代田ビル東館7階FG
Tel　06-4801-6111　Fax　06-4801-6112
郵便振替　00980-9-44593　URL http://www.chikurinkan.co.jp
印刷・製本　モリモト印刷株式会社
〒162-0813　東京都新宿区東五軒町3-19

ISBN978-4-86000-503-0　C0092